눈먼 그리움

정창화 시집

사랑한다는 것은
내 안에 가장 아름다운 생명의 꽃 하나
피우는 일입니다

님께

세상에서 가장 소중하고 귀한 당신에게 이 책을 드립니다.

20   .   .   .

from.

시인의 말

나는 누구인가?

나의 정체성과 화두는 예수 그리스도이다.

나의 가치관과 내면세계의 거울은 무엇인가?

삶의 목적을 분명하게 세워 놓고 하늘이 내게 준 믿음의 선물을 가지고 주님의 제자 된 삶의 길을 걷는 나는 하루하루가 감사하다.

왜 예수를 믿는가?

예수를 믿지 않고는 내 삶을 해석할 수 없기 때문이다.

내 영혼이 은혜의 강가에서 말씀의 생수를 마시며 하루치 기쁨과 하루치 감사와 하루를 디자인할 수 있는 은혜가 내겐 족하다. 나이를 먹을수록 기억이 희미해진다. 수천 권의 책을 읽었어도 기억나는 게 없고 돌아서면 생각은 모래시계처럼 내 의식을 빠져나간다.

나는 무의식의 세계에 생각하고 싶지 않은 모든 상처를 버리고 아무 일도 일어나지 않은 것처럼 의연하게 살아왔다. 그러니 내 상처가 눈부신 꽃으로 피어 향기가 될 수 있다면 그것은 오로지 하나님의 은혜인 것이다. 말씀을 삶으로 살아내는 것은 쉽지 않은 일이다. 특히 원수를 사랑하며 내 모든 것을 빼앗아 간 사람을 사랑으로 덮는 일은 하늘의 은혜이고, 주님의 십자가 사랑 때문에 가능한 믿음의 삶이다.

그런 의미에서 나의 시는 십자가와 사랑이다. 눈먼 사랑을 통해 즉 선험적 아픔을 사랑으로 이겨내며 삶으로 살아내는 과정에서 오는 아르페지오의 노래이다.

시인 정창화

목차

제3부 · 사 명

제4부 · 봄

제7부 · 겨 울

제1부

기 도

천국의 소망

천국의 소망은
나의 일부가 되었습니다
무수한 바람을 일으키며
날지 못한 꿈들이 울고 있을 때
언제나 해바라기 꽃씨 같은
말씀은 내 영혼의
믿음이 되었습니다

끝없는 절망 속에서도
말씀은 구원의 등불이 되어
다시 일어설 수 있는
생명을 주듯
언제나 천국의 소망은
나의 일부가 되었습니다

기 도

세상의 모든 눈물이 모여

내 눈에 꽃이 피네

그 누구에게도 말할 수 없어

숲속 나무 붙잡고

통곡하네

아주 오랫동안

갇혀 있던 내 영혼이

새들의 자유를 꿈꾸듯

정지된 시간 속에서

창세기의

신비 속에 머물러

꿈꾸듯 깨어나고

아바 아버지

듣고 계시나요

날마다 내 기도는

하늘로 연결된

통곡의 수로가 되어

은혜의 보좌를 울리고

소낙비로 내립니다

지렁이 같은

나 요나

회개의 눈물 섬에

나는 죽고 예수로만 살기 원합니다

당신 앞에 서면

당신 앞에 서면
나는 선한 청지기이고 싶습니다
메마른 이 세상
화전 밭을 일구어
기름진 옥토 밭을 가꾸어내는
선한 농부이고 싶습니다

당신 앞에 서면
나는 강한 믿음이고 싶습니다
기갈 든 영혼 일깨우는
믿음의 돛대이고 싶습니다

당신 앞에 서면
나는 작은 불꽃이고 싶습니다
그칠 줄 모르고 타오르는 불씨 되어
세상 끝이라도 태울 수 있는
당신 말씀 전하고 싶습니다

당신 앞에 서면
나는 죽음이고 싶습니다
날마다 자라나는
욕망의 죽순 싹둑 잘라내고
내 속에 맑은 피 솟아오르면
그제야 당신을 만나고 싶습니다

강

어두워지면
노을이 사라진 강 모퉁이 서서
믿음의 닻을 내린다

홀로 깊어가는 강줄기 따라
저어가는 사념의 노
깊은 물살로 출렁이면
하늘에 닿는 한 장
바람을 펴
편지를 쓴다

건널 수 없는 영원의 강
그 좁은 나루터에서
표표히 떠도는 낙엽의 언어로
파도의 숨소리로
흐느끼는 마음
새벽 물안개가 번져올 때까지
하늘에 닿는 기도로
미래를 연다

내 이름을 불러주십시오 I

하늘과 땅 사이
어둠과 빛의 거리만큼 멀어진
당신의 진리
목 놓아 외칠
내 이름을 불러주십시오

부풀린 누룩과 빵을
즐기는 무리들 틈에
빛바랜 당신의 진리
새롭게 뿌리 내릴
내 이름을 불러주십시오

껍데기는 가라 하십시오
귀머거리와 눈먼 자
벙어리 된 자도 가라 하십시오

내 이름을 불러주십시오 Ⅱ

시간이 없습니다
때가 이르러
날이 저물고
강은 홀로 흐느끼는데
칼바람을 휘돌며 오는 저들에게
누가 가시렵니까

빛으로부터 소명 받은
순교자들만 오라 하십시오

내 이름을 불러 주십시오
타오르는 횃불처럼
당신의 진리
목 놓아 외칠
내 이름을 불러 주십시오

고백

4월의 봄꽃
고운 살을 내밀면
부활하신 당신의 순백의 영혼이
한 송이 목련꽃으로 피어올라
잠 못 이루는 밤
죽음까지를 책임지는
주님의 사랑 앞에
낱낱이 나의 하루를 고백합니다

겨울잠을 깬 꽃씨 하나
흙먼지 털고
여린 손 내밀 듯
온 밤 내 짜아 올린 서툰 기도
향기 되어 올라가면
내 눈물 씻어주는 주님

이 사랑의 은총으로
순간을 사는 나의 생애
촛불처럼 사위어
주님께 가는 그 날
내 작은 손 영접하소서

부활의 새벽

더없이 남루해진
이 죄인의 몸속에
당신의 피가 골 깊게 흐르는 밤입니다
들으소서 내 주여!
당신이 아니라면 건널 수 없는
삶의 구름다리 위에서
오늘도 아득한 하늘 저편으로
기도의 연을 높이 날립니다

태어나면서부터
이미 수인번호를 달고 온
연약한 인간의 모습으로
무리 지어 사는 이 땅엔
잠시 왔다 사라지는
안개빛 인생들이
성난 파도에 휩쓸리며
부질없는 생의 수레바퀴를 돌리지만
살아서 꼭 한 번은
당신으로 인해 새롭게 거듭나는
부활의 새벽을 맞이하게 하소서

봄 날

주님
봄의 꽃 강에
하늘하늘 꽃 비 내려
마음조차 화양연화로 나부낍니다

꽃다운 소녀 시절
주님을 처음 만나
하늘을 보아도
땅을 보아도
온통 주님만 보이는
첫사랑의 신비
그 향기에 취해
주님만 사랑하며 살겠다던
약속 지키지 못해

꽃향기만 날리는 봄날
눈물의 잠을 잡니다

불탄 돌

자세히 보니
나는 아무 쓸모 없는 불탄 돌이었습니다

사명을 버리고
요나처럼 다시스로 가다
물고기 밥으로 죽어가던
나 요나

눈을 뜨고 내 영혼을 보니 싸맬 곳 없이 터지고
상처로 신음하며 울부짓는 스올의 덫에 걸린
한 마리 짐승이었습니다

에스겔 골짜기 마른 뼈와 같이
소망 없는 나에게
생기를 넣어 주시니
생령의 바람이 붑니다
이 은혜의 바람이
생명의 강가로 날 이끌어 가니
하나님이 쓰시는
종이 됩니다

나비의 꿈 I

내게는 기도의 날개가 있습니다
나감향이 물씬 풍기는 진줏빛 하얀
날개가 있습니다

본래 나의 모습은
더럽고 추한 벌레였습니다
어두운 죄의 갑옷을 입고
흉측한 모습으로 꿈틀거리며
온몸에 세상과 수신하는
솜털을 달고

죄의 밭을 기어 다니는
벌레였습니다

이 사망의 늪에서
잠자는 날 위해
주님은 십자가를 지셨고
그 십자가를 바라보며

믿음을 고백한 나에게

주님은 천국 열쇠를 주셨습니다

부활의 영광이

내 몸에 부어졌습니다

이젠 꿈틀거리는 벌레가 아니라

성령의 날갯짓으로 날아오를 수 있는

한 마리 고운 나비입니다

나비의 꿈 Ⅱ

그 은혜가 너무 깊어
먼 하늘 바라만 보아도
눈물이 주르륵 흐르는 내게
주님의 사랑이 부어지고
내 안에 계신 주님을 느낍니다

이젠
아무것도 두렵지 않습니다
슬픔도, 아픔도, 가난도, 죽음도
모두 내 발아래 있어
기도의 날개를 저어
하늘을 바라보면
세상은 간곳없고
내 주님만 보입니다

눈먼 그리움 I

내 사랑은 십자가
사랑할 수 없는 사람을
사랑하는 고통이
기쁨이 되기까지
당신이 찌른 가시가
내 심장에 눈물의 강이 되기까지
이 미친 사랑에
내가 죽어
그대가 산다면
나는 죽음을 선택하리

날 구원하신 주님의 십자가
그 영광을 위해
나 죽어
당신을 살릴 수 있다면
그 사랑에
기꺼이 나를 버려
눈먼 그리움의
꽃을 피우리

눈먼 그리움 Ⅱ

당신은 내 눈물로 빚은 진줏빛

기도의 옥합입니다

당신은 내 안에서

사계절 피고 지는 꽃과 같아서

시절 인연으로

세월을 넘나듭니다

당신이 미울 때는

하염없이 흐르는 눈물로 나를 비워

사랑의 도랑을 내었고

당신이 한없이 좋을 때는

그만 두 눈이 멀곤 했습니다

그리고 당신이 멀어질 때는

인연의 끈 하나 하늘 높이 띄워

바람의 길로

다시 돌아오게 하였습니다

사랑한다는 것은

내 안에 가장 아름다운 생명의 꽃 하나

피우는 일입니다

사랑한다는 것은

가장 아픈 가시꽃 하나 허리춤에 매달고

그 상처의 눈물을

꽃피우는

눈먼 그리움입니다

눈먼 그리움 Ⅲ

사랑한다는 것은
사막을 걷다 지친 타는 목마름 곁
오아시스 같은 생기에
몸을 적시는 일이다

사랑한다는 것은
사막을 걷다 길을 잃은 절망을 만나는 일이며
다시 일어나 그 어둠 속에서
붉은 사랑 꽃 하나 피우는 일이다

밤이면 은하의 별들이 우르르 몰려와
불면의 언어를 쏟아 놓고
눈먼 그리움이 되어
지천에 사랑꽃 피우니

사랑한다는 것은
한 생을 서로 묻어
나도 없고
너도 없고
우리 하나로 사는
눈먼 그리움이다

눈먼 그리움 Ⅳ

당신은 내 안에
태초의 꽃
사랑으로 와서 사랑으로 뼈와 살을
맞대는 그리움의 별입니다

상처 없이 피는 꽃이 없듯
바람에 흔들리지 않고 피는 꽃도 없고
고통의 흔적 없이 빛나는
사랑도 없습니다

하여
당신은 내 눈물로 만들어진
그리움의 강이고
끊어낼 수 없는
내 심장에 핀
사랑의 십자가입니다

눈먼 그리움 V

하늘에서 온 편지 하나가
내 영혼에 담깁니다
널 찌르는 가시로
사랑의 담을 쌓고
널 괴롭게 하는 영혼을 끓어 안고
사랑하라

널 가장 아프게 하는
사람을 가장 깊게 사랑하고
네 마음이 미워하는 그 사람을
가장 뜨겁게 사랑하라

사랑 하나로
생명의 바다에
그물 치는 어부처럼
삶 전부를 내어놓고
영혼을 살리는
사명자가 되어라

눈먼 그리움 Ⅵ

부스러기 인생이었습니다
살길이 없는 인생이었습니다
꽃으로 맞아도 상처만 남는 인생이었습니다
부부로 만나 사는 일이
서로 깊은 상처를 주며
가슴에 피가 흐르도록
미움의 돌로 치며 싸우는 일인가 하는
의문을 던진 내게
주님은
내 안에 오셔서 쓴 뿌리 난 상처를
모두 뽑아주셨습니다

그날부터
내가 먼저 섬기는
삶을 살았습니다

비로소
주님은 말씀하셨습니다
가장 아름다운 사랑꽃 하나
네 안에 피었노라고…

눈먼 그리움 Ⅶ

섬 하나 보이다
안 보이는 적막 같은 당신
사랑이 이리 아픈 건
눈먼 그리움 때문이다

사랑할 수 있을 때도
사랑할 수 없을 때도
사랑은 오래 참고 견디며
성숙의 틀에서 다듬어지는 질그릇과 같은 것

부부란 서로 다른 인격이 만나
하나의 풍경으로 물들어 갈 때
창세기의 신비가 풀어지고
헐몬의 이슬이 시온 산들에
내림 같은 복이 되리라

눈먼 그리움 VIII

하늘아,
바라만 보아도 포근한 네 속엔
누가 있길래
이리 큰 그리움이 마주쳐 오니…

하늘아,
바라만 보아도 신비한
그 속엔 누가 있길래
밤마다 저리 큰 구름을 펼쳐
굽이굽이 은빛 별로
다리를 놓니…

하늘아,
나 살아 있는 날은
오랜 아픔도 인내하며
오직 한 길
좁은 문을 향해 달려가다
골고다의 주님이 날 부르시면
나는 순교하며 갈래…

눈먼 그리움 IX
영혼이 흐르는 강 1

영혼이 흐르는 강가에서
당신을 만났습니다
물소리 아득한 골을 지우며
잔잔한 파문을 흔들면
당신은 소리 없이
내게로 오십니다

크나큰 강의 숨결조차
고요히 잠들고
작은 내의 길을 따라
당신께로 갑니다

끝없이 멀기만 한
살아가야 할 날들과
살아온 날들이 서성이는 가을의 끝
앙상한 나무들이 손 흔드는 이곳에서
당신과 나의 거리만큼 좁혀지는 삶
이것을 기꺼이 맞이한
당신과의 길이 아픈 편린과 같이
스쳐 지나갑니다

눈먼 그리움 IX

영혼이 흐르는 강 2

영원의 구름다리 사이로

당신이 내 이름을 불러 준 순간부터

내게는 안개꽃 눈물이 골 깊게 흐르고

살아갈수록

눈물의 원천을 만드는 당신과의 길이

사랑의 흔적만 남긴 채

연약한 인간의 모습으로

돌아오지만

아무리 지우려 해도

지울 수 없는 당신과의 길은

이 세상을 건널 수 있는

마지막 길임을 알았습니다

눈먼 그리움 X
천 년 사랑을 꿈꾸는 집

어느 별에서 그대를 다시 만날 수 있을까요

어느 하늘 아래서

구름에 수놓은 꽃 숲 사이를 헤치며

그대를 다시 만날 수 있을까요

사랑아 너는 오는 것이냐

가는 것이냐

사랑아 너는 피는 것이냐

지는 것이냐

아니다

사랑은 계절 없이 피고 지는

신비에 새긴 영혼의 꽃

희망의 빛이고

생애 목마름을 씻어주는 생기의 꽃인 것이다

하여, 나는 주님을 믿고 주님은 나를 믿고

천 년 사랑의

꿈꾸는 집을 짓는 것이다

바람아 그리움의 바람아

휘감아 도는 사랑의 열풍아 불거라

모든 물질의 형상이 변하고

꿈꾸던 미래의 환상이 변하여

슬픔이 다가올지라도

사랑은 영원하여

희망 없는 거리에 빛으로 머물리니

가시관을 두른 천형의 아픈 상처 없이

어찌 사랑이 구원이라 말하리

나는 당신 생명 안에 핀 꽃이고 분신이다

당신은 내 안에 생명의 빛으로 머문

그리움의 열정이며

지금, 이 시간과 보이지 않는 세상의 길이며

길로 이어진 또 다른 사랑의 길인 것이다

제2부

회 개

새벽 별을 밟으며
총총히 당신께로 갑니다
가슴 속에 못다 한
많은 이야기 가지런히 접어
새벽 강변에 띄우고
돌아오는 길엔
홀로 있어도 외롭지 않습니다

가을엔

누구나 한 번은
자기를 돌아다보는 계절에
주님이 지으신 아름다운 들녘은
무수한 열매로 무르익어갑니다

작은 씨앗들이 모여 풍성한 결실을 맺듯
이 가을엔
우리들의 가난한 마음에 천국의 소망을 주어
믿음으로 가득 찬 당신 나라의 잘 익은
열매이게 하소서

누구나 한 번은
남은 세월을 저울질해 보는 계절에
당신의 아름다운 들판은
하나둘 고운 채색 옷을 벗은 채
떨고 있습니다
이제 주님이 내게 묻지 않아도
결실한 나무처럼
의연히 등불을 밝히는
잘 익은 마음이게 하소서

홀로 있어도

새벽 별을 밟으며

총총히 당신께로 갑니다

가슴 속에 못다 한

많은 이야기 가지런히 접어

새벽 강변에 띄우고

돌아오는 길엔

홀로 있어도 외롭지 않습니다

길을 걸으며 일을 하며

당신을 생각합니다

새벽부터 날 저물 때까지

단정히 양심을 빗질하고

내 주님을 맞으리라 하면

뜻 없이 행복하여

구름에 떠가는 마음

홀로 있어도 외롭지 않습니다

때때로

일상의 근심이 발목에 차이고

허다한 말로도 소용없는

우울이 찾아오면

내 아는 이 주님뿐이라

새벽 별을 밟으며

당신께로 갑니다

홀로 돌아오는 길엔

조금도 외롭지 않습니다

전도서 Ⅰ

별과 별의 영광이 다르듯
해 아래 수고하는 모든 사람의
영광이 다르며
길이 달라 받을 상도 다른데
저마다 쟁기를 끌고
홀로 가는구나

사람이 신에게로 와서
왔던 곳으로 되돌아가는 길 중엔
피할 수 없는 길이 있으니
생명의 부활과 심판의 날이라
그 날엔
인간의 굳은 의지가 헛되고 지위가 헛되고
쌓은 재물과 사상이 헛되니
심판을 피할 자 없으리라
부한 자여, 들으라 가난한 자도 들으라
네 영혼이 뉘게 서 와서 뉘에게로 가는가
왔던 길로 되돌아가는 것이
인간의 정한 길이거늘
심은 대로 거두리라 한 말이
헛될 수 있는가!

전도서 Ⅱ

권력자여, 들으라
하나님이 없다 하는 자도 들으라
여호와의 손이 짧아 구원치 못함이 아니요
귀가 둔하여 듣지 못함이 아닌 줄
스스로 판단하라
토기장이가 자의로 그릇을 만들거니와
그 뜻대로 빚어 쓰며
그 뜻대로 깨치거늘
인생들의 높은 권력도
천함도 여호와 앞엔
한낱 헛되고 헛되도다

사람이 신에게로 와서
신의 소리를 듣나니
지음을 받은 자가
창조자의 뜻을 좇아 살며
그 명령을 지켜 행하는 것이
지혜의 근본이니라

추수 꾼의 새벽

날이 저물고 날이 저물어
잠든 자의 문밖에서
늦가을 추수 꾼의 발자국 소리가
수상한 바람을 일으키며 지나가는데
깨어있는 자는 길 떠날
준비를 하네

어둠이 어둠을 불러 횡포를 풀고
바람은 바람끼리 마주쳐
태풍의 눈을 던지니
곳곳에 기근과 염병이
삼킬 자를 삼키는데
훠이훠이 나는 새여
범사에 모든 것이 때가 있고
기한이 있는지라
축제가 끝난 뒤의 공허처럼
네 날개는 처량하구나
날이 새면
네 날개가 꺾여 올무에 걸리리
밤사이 추수 꾼이 와
네 날개를 불에 던져 사르리라

어린양의 피 I

생명강가에 구름이 일고
하늘로부터 빛의 광채가
흑암을 뚫고 솟아오른다

시온의 바람이 나무숲을 헤치고
광야에서 외치는 자의
피를 부르자
가시관을 둘러 머리에 썼다

"유대인의 왕이여 평안할지어다!"

수억 마리 까마귀 떼
갈대로 그의 머리를 치며
십자가에 못을 박았다

어린양의 피 Ⅱ

자색 옷을 벗겨 제비뽑고
"성전을 헐고 사흘 만에 짓는 자여
네가 너를 구원하라."
야유와 조롱의 채찍으로
영혼을 고문하니
해 아래 이런 변고가 없음이라

육시로부터 온 땅에 어둠이 임하여
제구시까지 계속되니 크게 소리 질러
엘리 엘리 라마 사박다니
엘리 엘리 라마 사박다니
나의 하나님 나의 하나님
어찌하여 나를 버리셨나이까
그러하나 아버지여!
저들을 사하여 주옵소서
내가 아버지의 뜻을
다 이루었나이다
하며 부르짖으시니
영혼이 떠나가시더라

성소의 휘장이

위로부터 아래로 찢어져 둘이 되고

마른하늘에 번개가 일고

흑암 중에 땅이 진동하며

바위가 터지고 무덤이 열려

성도의 몸이 일어서니라

어린양의 피 Ⅲ

그가 다시 사흘 만에 부활하여
제자들과 함께 산에 오르사 말씀하여 이르시되
하늘과 땅의 모든 권세를 내게 주셨으니
너희는 가서 모든 민족으로 제자를 삼아
아버지와 아들과 성령의 이름으로 세례를 주고
내가 너희에게 분부한 모든 것을 가르쳐
지키게 하라 보라 내가 세상 끝날까지
너희와 항상 함께 있으리라 하시고
하늘로 오르사 하나님 우편에 앉으시니
곧 말씀을 이루심이라

그가 곧 오리니
그때는 세상의 끝이요
심판의 때라
알곡과 쭉정이를 갈라 내
알곡은 곳간에
쭉정이는 영원히 타는 불 못에 던지리니
그날이 홀연히 임하리라

때가 이르면

너 화인 맞은 영혼아
벌거벗은 수치를 알았다면
돌아서지 않았으리

보라!
네 목자는
네 영혼을 어찌 사랑하였는지
돌아오라 돌아오라
목 놓아 호수하였건만
오히려 너는 목을 곧게 빼고
배반하는구나
어리석은 자여!
네 눈이 가리워 회칠한 무덤처럼
양심이 썩었거늘 끝까지 깨닫기를
싫어하는구나

어리석은 자여!
네 날이 빨리 이르리니
회개할 기회가 없겠고
먹구름이 너를 덮어
성소에서 내치리라

그날이 오면

너 기갈 든 영혼아!
언제까지 어둠을 그늘 삼아
자족하려느냐
너 절름발이 영혼아!
언제까지 눈먼 자요
벙어리 된 자요, 귀머거리 된 자로
네 침상을 채우려느냐

네 뼈는 썩었고
네 혼은 음부의 칼날 앞에 찍혀
쪼개지는 나무 같으니
능히 구할 자가 없으리라

들으라!
너 죄악의 종자요
썩어질 육신의 종들아
정녕 그날이 오면
슬피 울며 이를 갊이 있으리라

차라리 회개하였다면

그날에 네 이름이

하늘에 기록되었으리라

그러나, 너는 찍힌 나무요

회개할 기회를 잃어버린 자요

풀무불에 던짐을 받을 자니

그날에 네 영혼이

슬피 울며 이를 갊이 있으리라.

목자의 눈물

행인과 나그네 같은 너희를 권하여

목자는 길을 인도하나

다 곁길로 치우쳐

비방하는 무리들 틈엔

당대의 의인을 죽이는

유대인의 피가 섞여

하늘에 사무치는구나

싸맬 곳 없이 터지고

상처뿐인 무리를 권하여

목자는 해산의 수고를 치렀건만

너희는 헛되이 당을 짓고

무리 지어 비판하는구나

네 눈을 열어 네 죄악을 알았다면

음부의 칼날을 피하였으련만

네 영은 죽었고

네 혼은 음부의 노예가 되어

네 목자를 향해 비수를 던지는구나

오호라

내 양은 내 음성을 들으며

저희는 나를 알고 따르리라 하였으나

너희는 목자 없는 양 같아서

덧없이 광야를 유리하나

필경은 사망의 끝

가시와 엉겅퀴가

네 길을 인도하리라

사명자여 일어서라

핏빛의 하늘
핏빛의 바다
핏빛의 붉은 노을이
광풍에 휘날리면
사명자여 일어서라
살이 찢기고
뼈가 꺾이고
영혼이 도살당하는
이 시대의 마지막 밤이 오면
사명자여 일어서라
해일과 같은 바람이
북에서부터 사면을 훑으면
피할 길 없는 세상의 환란이요
추수의 끝이라
말씀이 인봉되리니
믿음을 가질 자가 누구인가
그날엔
피를 부르는 메아리가
내 뼈 네 뼈를 삼키리니
사명자여
지체치 말고 일어서라

주의 영을 부어 주소서

주님
주의 말씀을 나의 정수리에 부어 주시고
마음판에 새겨 주소서

내 영혼에 주의 말씀을 심어주시고
심중에 자라게 하소서

저는 눈먼 자요
썩어질 육신의 종이요
죄악의 종자요
허망한 지식에 마음을 빼앗긴
버러지와 같은 자인데
주의 말씀은
흐르는 강의 물 댄 동산 같고
그 사면을 비추는 해와 같아
캄캄한 내 영혼을 비추었사오니
말씀 없어 기갈 든 내 영혼에
주의 영을 부어 주소서

인쳐 주소서

겨울 눈발 위를 홀로 가신 주님
채찍에 맞아 흘리신
핏자국이 눈 위에 선명한데
골고다 언덕길은 너무 멀어
목메어 외쳐 봐도
메아리만 사무치는
산봉우리 서서
간절한 뉘우침으로
가슴을 치며 아파해도
얼굴 들 수 없는
내 초라한 모습 위로
흰 눈은 내려 쌓이는데
주님!
여기 움푹 파인 발자국처럼
내 손과 발에
당신의 종인 것을
인 쳐 주소서

은혜의 강

생명샘 솟아오르는 은혜의 강가에
바람이 불고 꽃잎 열리는 소리에
물이 춤을 춥니다

흐르는 물의 배경에
하늘이 잠기고 구름이 흘러가는데
바라보기도 아까운 풍경 속으로
주님이 걸어오십니다

나는 감출 수 없는 죄의 민낯을 드러내고
어쩔 줄 몰라 하지만
주님은 괜찮다 하시며 안아 주십니다
눈을 뜨고 싶지 않습니다
세상 그 어떤 언어로도 표현할 수 없는
사랑이 온몸을 휘어 감고
아무 일도 아니라는 듯 다시 강물은 흘러갑니다

믿음의 눈으로만 볼 수 있고
느낄 수 있는
은혜의 강 생명의 강가에
오늘도 성령의 바람이 붑니다

나는 사형수다

세상에 태어나 하고 싶은 일
가고 싶은 곳
눈이 가고 마음이 원하는 대로 살아온
내 죄는 유죄입니다

예수를 믿고 교회를 다니고
종교인으로 살며
예수 잘 믿는 사람인 줄 알고 산
내 죄는 유죄입니다

어느 날 눈을 떠 보니
내 죄는 하늘에 닿았고
살아온 세월만큼 쌓인 죄의 싹은
내 온몸에 불신앙의 뿌리로 내려
아무리 뽑아내도 올라와
내 죄는 사형입니다

내 삶을 눈물로 채워도
다 씻을 수 없는 나의 죄 위해
주님이 십자가 지셨으니
이젠 그 십자가 제가 지겠습니다

탕자

주님
나의 죄가 대낮의 윤곽처럼
선명하여 내 얼굴을 들 수 없습니다

마음에 더러운 죄의 철갑을 두르고
문빗장을 걸어 잠근 채
세월을 도적질하였습니다

머리끝부터 발끝까지
휴머니즘의 늪 속에 빠져
송두리째 화인 맞은 양심은
성한 곳이 없이 녹슬어
내 얼굴을 들 수 없사오며
나의 죄가 선명하여
뼈와 골수에 사무치니
내 영혼이 미친 파도처럼 방황하나이다

내 주여
들으소서
내가 밤낮으로 회개하며
주의 길을 찾나이다

제가 바로 요나요 탕자입니다

나 하늘 아버지께 행한 것은 죄뿐이라
눈물의 강이 흐르고 흘러 바다로 갑니다

사명을 내려놓고
고기잡이로 돌아간 베드로처럼
무엇을 먹을까
무엇을 입을까
세상을 향해 가던 그 날부터
쥐엄 열매로 배를 채워도 허기진 목마른 세월
아무리 벗어나려 해도
벗어날 수 없는
올무에 걸린 상처의 세월
가도 가도 아득한 사막엔
안식이 없었습니다

광야로 내몰린 그 날부터
무심한 세월이 흐르고
왜
이렇게 살아야 하는지도 모르고
살았습니다

무심히 황혼은 다가오고

주님을 만나야 했습니다

당신께서 날 구원하시기 위해 십자가를 지셨듯

나는 죽고 내 안에 부활은

생명이 되어 눈먼 사랑이 되어

주님과 동행합니다

유다

우리는 유다와 같아
그리스도를 팔고
빈 수레를 끌고 가는
악하고 게으른 종입니다

주께서 우리에게
아버지 나라의 기업을 주었으나
우리의 재능대로 힘을 다하지 못했습니다
뜻을 다 하지 못했습니다

알면서도 육체의 기쁨을 찾아 나서는
삼손과 같아 죄악의 지름길을 달리는
무익한 정욕의 노예입니다

오 주님,
"내 양은 내 음성을 들으며
나는 저희를 알며
저희는 나를 따르리라." 하였으나
우리는 다 그와 같아서 그리스도를 팔고
빈 수레를 끌고 가는
악하고 게으른 종입니다

회개하게 하소서

주님
목마른 영혼마다
생명의 말씀을 놓아
살아오면서 수없이 저질러온
실수와 허물을
회개하게 하소서

만물보다 심히 부패하고 더러운 것이
인간의 마음이듯
살아갈수록 양보하지 못하고
진실하지 못했던 많은 날들을
당연한 것처럼 생각하고 잊으며
사는 우리의 둔한 마음을
회개하게 하소서

우리가 알면서도 지은 죄와
죄의 원인이 되는 생각을
너무 쉽게 허용하는 못된 습성
도무지 돌이키지 않는
우리의 위선됨을
진실로 회개하게 하소서

주님 날 용서하실까

하늘 아버지께 나 행한 것은
죄뿐이라
평생을 마음 졸여 회개하면
주님 날 용서하실까

나이들 수록 나 행한 것은 죄뿐이라
땅엔들 얼굴 들고 살 수가 없네

하늘 끝이라도 달려가
겨뤄보리라 한 나의 교만과
오만한 수치가 주의 목전에 씻을 수 없는
죄악의 가시밭길을 내었건만
깨닫지 못한 우매한 죄인
이대로 죽으면 어디로 갈까

아버지
이제라도 남은 목숨
힘을 다하고 뜻을 다하고 마음을 다하여
주 나의 하나님만 사랑하겠습니다
마지막 회개할 기회를
내게 베푸소서

날마다

주님,
날마다 내가 눈을 뜨는 순간부터
감사와 찬양으로 하루를 시작하게 하시고
날마다 성령의 바람 불어
춤을 추며 기뻐하게 하시고
내 영혼이 은혜의 강물에
젖어 흐르게 하소서

주님,
날마다 내 영이 주의 생기로
호흡하게 하시고
날마다 내 눈 주의 영광을 보며
주님 닮은 삶을 사는
십자가
전달자 되게 하소서

주님,
날마다 믿음으로 무르익게 하시고
날마다 은혜 안에 주는 자가 되게 하시고
날마다 십자가 앞
예수로 사는 복음에 빚진 자가 되게 하소서

제3부

사 명

주님,
상처의 가시로 옹이 지고
뒤틀어진 싯담나무와 같은 나를
조각목으로 재단해
주님의 도구로 빚어 주소서

하루

눈을 뜬다
하루의 시작이다

기억의 첫 순간 주님을
떠올린다
날마다
별이 뜨고 달이 뜨고
꿈은 칠보빛이다

아직도 눈먼
사랑이다

가을의 기도

주님, 추수의 계절에
무던히 깊어진 내 마음의 죄를 씻고
평안과 기쁨의 작은 기슭에
내 마음을 놓아
주님의 세미한 음성을 듣고 싶습니다

뜨거운 태양의 열기에 바람을 놓아
덜 익은 낱알들 속살까지 익혀내시고
땀의 수고를
농부의 손에 돌려주시는 주님
추수의 계절이 있기에
인생의 의미를 생각하는 시간을 주신 것 감사합니다

이 모든 것을 주신 주님께
천상의 언어를 담아
내 뜨거운 눈물의 기도로
겸손히 무릎을 꿇었습니다
주님이 나를 부르신 그 부르심의 깊은 뜻 안에
늘 내가 머물게 하소서

나의 마지막은

베드로처럼
닭 울 기전 세 번만 부인한 게 아니었습니다
숱한 날을 살아오며
내 멋대로 산 죄는
하늘을 울리고 땅을 울린
내 수치이며 교만이었습니다

사도바울이
나는 죄인 중의 괴수라고 하였지만
더 무서운 죄의 괴수가
바로 나였습니다

말씀이 내 삶을 비추는 거울임을
모르고 내 생각대로 살며
세월을 도적질 한 죄는
얼마나 무서운 형벌일까요

오십 중반을 넘어 십자가를 바라보니
부끄러운 내 모습 감출 길 없지만
나의 마지막은 사명을 위해 살고
사명을 위해 죽게 하소서

싯딤나무

가도 가도 아득한 광야

모래성처럼 와르르 무너져 내린 삶

한 번도 꽃피운 적 없는

싯딤나무 한 그루

외롭게 사막 한가운데 서 있습니다

오직 기도로 사는 법을 배웁니다

타는 목마름 끝

눈물 골짜기를 돌아서면

흘러가는 조각구름이

내 소원의 편지가 되어

바람에 날립니다

주님,

저의 묶인 발을 풀어 주시고

매듭진 인생의 족쇄를 풀어

마음껏 풀어 놓아 다니게 하소서

믿음의 눈을 뜨면

건널 수 없는 강도 없고

건너지 못할 바다도 없습니다

주님,

상처의 가시로 옹이 지고

뒤틀어진 싯딤나무와 같은 나를

조각목으로 재단해

주님의 도구로 빚어 주소서

불의 전차부대 Ⅰ

성령의 불 바람이 불었습니다
이산 저산 메아리치는
기도의 향기 담아
하늘로 올라가는 스랍들의
날갯소리가 들립니다

용사의 기도 함성 소리가
오산리 기도원을 덮고
무덤 속 잠자던 영혼들도 놀라
구경 나온 떴다
불의 전차부대

코로나로 사라진 일만 교회의
고통의 현장을 회복하려고
우리 대장 예수를 따라
천둥소리 같은 기도로
선두에서 불을 붙입니다

불의 전차부대 Ⅱ

사명의 불꽃을 던지기 위해
불의 전차부대를 끌고
여 선지자
드보라 사사가 나타났습니다

오산리 성회에
성령의 불길 타올라
수많은 영혼들이
함께 울고 웃으며
천국 잔치가 열렸습니다

주님은
이날을 기억할 것입니다
태풍처럼 휘몰아친
부흥의 물결이 계속 타올라
이 시대 신앙의 기초를 새롭게 할 것입니다

양평 힐링 기도원에서

아침을 여는 가을비 소리에
눈을 뜨자
처마 밑 물방울 떨어지는 소리가
정겨운 하루입니다

아침이라는 선물은
주님과 동행의 시작이며
주님이 지으신 아름다운 풍경을 볼 수 있는
축복의 시작이라 감사합니다
나를 주님께 드리는 예배의 시작이고
기도의 시작이라 감사합니다

나를 번제로 드리는 나감향의
향기를 피워 주님께 올려드립니다
나는 죽고 예수로만 사는 하루가 되게 하소서

풍자향의 향기를 피워
내 죄를 토설하고
영혼의 진액을 짜내는
회개의 부르짖음으로
주님께 나아갑니다

소합향의 향기로 감사와 찬양을 드립니다
나의 하루가 향기 나는 삶이 되게 하소서
모든 것이 주님의 은혜이며
모든 것이 주님의 선물임을 감사합니다
숨 쉬는 순간마다 감사로
주님을 영화롭게 하소서

양평 힐링 기도원 개원 I

마음이 먼저 달려가는
고향 같은 곳
'너 많이 힘들었구나.'
'어서 와, 쉬어.' 하고
주님이 먼저 반겨주는 곳

주님! 하고 부르면
온 산의 나무와 새들이
내 기도를 담아
하늘로 올려보내는
소합향 기도의 집
내 영혼이 마음껏 울고 웃으며
춤출 수 있는
기도의 집이 있어 감사합니다

그냥 갈 수 없어
한 아름 꽃을 들고 갑니다
니시안 르네브 흰 백합
용담초 각종 향기로운 꽃을
꽂아 놓으니

내 마음도 꽃이 되어
피었습니다

새소리 정원엔 목수국과 설악초
쑥부쟁이 하얀 소국과 감국을 심어
가을 향기가 바람에 날립니다

양평 힐링 기도원 개원 Ⅱ

주님은
아름다운 양평 계곡에
천 년 주목처럼 든든한
드보라 사사를 세워
기도의 불꽃을 붙이시고
한국교회를 살리는
불의 전차부대를 일으켜
세계를 향해 성령의 불을 붙이는
새 시대의 문을 여셨습니다

양평 기도원 개원식에 천국 잔치 열리니
주님은 하늘 문 열고
쌍무지개 띄워 축복 주시니
한없는 은혜입니다

이곳에 성도의 눈물과 소원을 부으시고
하늘의 불을 끌어내리시니
기도의 불길이 타오릅니다
사명의 불길이 타오릅니다
주님의 소원이 타오릅니다
하늘 문이 열렸습니다

십자가의 도

이제는 내가 사는 것 아닌
내 안에 그분이 사시네

십자가 그 형벌은
죄 없으신 주님만이 질 수 있는
죽음의 길이기에
부활은 영원한 영광이 되어
생명의 꽃을 피우네

눈부신 세상 문화는
죄와 사망의 덫이 되어
믿음을 소멸시켜도
내 안의 생명
십자가 사랑은
영혼 살리는 믿음의 불꽃으로 타오르고
십자가 영광 아래 잠이 들고
그 영광 아래 눈을 뜨는
내 하루는
오직 예수뿐이네

나를 지으신 주님

눈이 부시게 푸른 하늘가
하얀 꽃구름 일렁이며
천 개의 바람을 몰고
생기의 영으로 오신이여

가장 깊은 절망의 끝에서
천형의 죄인으로
풀잎처럼 흔들리며 살아온 날들
눈물이 앞을 가립니다

마치 인생이 없는 것 같이
헛것 같은 가벼움이
가슴을 찢는 날
눈물의 잠을 자고 눈물의 밥을 먹고
눈물의 강을 지나 당신께로 갑니다

성령의 바람

생기의 바람아,
이 산 저 산 휘어지게 불어
죄의 불감증에 걸린 영혼마다
깨우고 외쳐 마음 판에
성령의 불을 지펴라

생기의 바람아,
세상은 유혹의 덫을 놓아
거대한 지옥 밭인데
추수할 일꾼들을 깨워 성령의 불을 지펴라

생기의 바람아,
여호와의 전능함을 온 천하에 알게 하고
무풍지대인 지옥 세상에 불어
잠든 모든 영혼을 깨우고
새롭게 하라

생기의 불 바람아,
쉼 없이 불어
이 땅을
복음의 빛으로 타오르게 하라

상처의 꽃

눈물이 마른 자리마다
눈부신 진주꽃이 피었습니다

어느 아픔은 비명 끝에 병이 들고
어느 슬픔은 떠돌이별이 되어 사라집니다

어느 죽음은 생명을 잉태하는 부활이 되고
어느 죽음은 영원한 지옥의 형벌이 됩니다

나는 살아서 한없이 비천한 죄의 노예였지만
나는 살아서 새들의 자유를 맛보고
날기 시작하였습니다

때론 사는 것이 죽음보다 처절해
통곡하기도 했지만
이젠 사는 것이 너무 소중해 밤새워
주님을 찬양합니다

내 상처의 눈물이 마른 자리마다
별꽃이 피고
그 아픔은 누군가의 상처를

안아줄 수 있는 치유자가 되었습니다
산전수전 구부능선을 올라
눈물이 마른 시간을
기도로 살아 본 사람은 압니다

내가 우연히 살아온 날들도
심판이 있다는 것과
내가 그분 때문에
구원받을 수 있다는 것이
가장 소중한 보물임을

사명에 붙들리다 I

뜨거운 여름 태양이 지나간 자리에
시원한 강바람이 불고
사방에서 생기의 바람이 불어오니
어둠은 더 이상 어둠이 아니고
주님의 옷자락을 만지며
주님의 눈빛을 바라보는
사랑의 밤입니다

내 영혼이
주님의 거룩한 향기를
몸에 두르고 하늘을 바라보니
한 생애를 다 바친다 해도
값을 수 없는 주님 사랑 때문에
통곡의 기도 속으로 들어갑니다

사명에 붙들리다 Ⅱ

나의 죄는
바다보다 깊고
나의 교만은
구부능선을 누볐으니
죽어 마땅한데도
살아서 내 곁에 계시는
주님을 뵈오니
나 어찌 살아야 하나요

주님,
이 생명 다하도록
주님만 사랑하며
사명의 깃발을 높이 들리니
나를 사용하소서

달 그림자

기도로 내 하루를 마무리하는 시간
주님은 환한 달빛으로 찾아와
내 딸아, 내가 널 지켜줄게
걱정하지 마
유난히 밝은 빛을 비추시며
웃으시는 주님

내 안에 주님 있고 주님 안에 내가 있고
하나의 영으로 만나니 사랑이 됩니다

구름이 달빛 사이를 흐르며
고요히 시편을 써 내리고
여호와의 영광이 내 안에 스며듭니다

말로 표현할 수 없는
시공을 초월한 사랑의 강에
내 영혼이 잠깁니다
나의 찬송이 되시는 주님
영원히 존귀와 영광을 받으소서

당신은 그리스도인입니까

그리스도인은
가장 아프게 넘어진 자리에서
향기로운 꽃을 피우는 거룩한 성도입니다

그리스도인은
가장 고통스러운 순간을
감사하며 그 고통을 믿음으로
인내하며 하나님께
영광을 돌리는 구별 된 성도입니다

그리스도인은
원수를 사랑하며
기꺼이 자기를 비워 원수를 위해
기도하며 선으로
악을 이기는 거듭난 성도입니다

그리스도인은
십자가 사랑 하나로
세상의 빛과 소금이 되는
하늘의 백성인 것입니다

사랑할 수 없는 사람을 사랑해라

사랑은
사랑하는 사람을 사랑하는 것이
사랑인 줄 알았습니다
그러나 주님께서는
"사랑할 수 없는 사람을 사랑하라."
너를 핍박하고 너를 미워하는
네 원수를 사랑하라고 하십니다

제 속엔 미움이 없는 줄 알았습니다
알고 보니 온통 미움이 가득 찼습니다

그런 제게 주님은
십자가와 부활을 만지라고 하셨습니다
십자가와 부활을 안으라고 하셨습니다
십자가와 부활을 이고 지고
온몸에 바르고
눈먼 사랑의 길을 걸으라 하십니다

지금 내가

지금 내게 호흡이 있는 것은
옛사람을 벗어버리고
다시 태어났기 때문입니다
지금 내가 잠들 수 있는 것은
죽음에 이르는 절망 끝에서
그분을 만났기 때문입니다
지금 내가 존재하는 것은
그분과 더불어 살아가는
내일의 벅찬 희망이 있기 때문입니다
지금 내가 가고 있는 길은
순교자의 발자취 따라
그분께 가기 위한 부활의 준비입니다

오 살리

오 살리
기도의 강가에
하늘 높이 소원의 향기 담아
하늘 보좌에 닿는
소합향의 감사 기도와
나감향의 번제 기도와
풍자향의 회개 기도가 올라갑니다

거룩한 예배를 통해
기적이 나타나고
불치병이 치유되고
날이 갈수록 강력한 불의 역사가
수많은 영혼을 살리고 있습니다

하늘 문이 열리고
불의 전차부대가
가는 곳마다
성령의 불길이 들불처럼 번져
전 세계로 부흥의 새 물결
흐르게 하옵소서

레바논의 백향목

시온의 뜰에 우뚝 선
한 그루 레바논의 백향목
새벽 향기를 발하며
헐몬의 이슬방울을
하늘 향해 뿜어 올리네

끝없는 시련의 가지 뻗어
단련된 은빛 언어로 하늘문 열고
메마른 꽃잎마다
이른 비와 늦은 비로 적셔주네

무수한 가지마다 성령의 열매를 맺어
겨울이 오기 전
추수의 한 때와 두 때와 반 때를 준비하고
바람 소리보다 먼저 길을 가네

그곳에서
한 시내가 나뉘어 흘러
각종 수목을 치며
하늘에 닿는 능력으로
뭇 영혼을 인도하네

나의 멘토

당신은
나의 멘토입니다
다윗의 영성을 닮은 그 아름다운
눈빛과 마주쳤을 때
참으로 행복했습니다

한 번도 내 마음을
말한 적 없고
아픔을
드러낸 적 없는데
내 영혼을 어루만져 치유해 주시고
묶여 있는 내 혼의
어두운 끈을
풀어 놓아 다니게 하셨습니다

그 깊은 영성으로
하늘 문을 여시는 기도의 힘은
당신의 아픈 눈물이었습니다
당신의 깊은 상처였습니다

감히

다가갈 수 없는

그 뜨거운 신앙의 열정은

엘리야의 불 말과 불 병거입니까

엘리사의 갑절의 영감입니까

아무리 닮고 싶어도

그저 나의 보폭만큼 따라갈 뿐이어서

애가 탑니다

만군의 여호와 하나님

여호와 나의 하나님께서
불꽃 가운데로 지나갑니다
사막을 에덴 같게 하시고
광야를 여호와의 동산 같게 하시는 이여

너를 위로하는 자는
나 곧 너의 하나님인데
너는 어떠한 자이기에
죽을 사람을 두려워하며
풀 같이 될 사람의 아들을 두려워하느냐

하늘을 펴고 땅의 기초를 정하고
너를 지은 자
여호와를 어찌하여 잊어버렸느냐
나는 네 하나님 여호와라
바다를 휘저어서 그 물결을 뒤흔들게 하시는
만군의 여호와니라 하시고
내 말을 네 입에 두고
내 손 그늘로 너를 덮었나니
너는 내 햅시바라 하신 나의 하나님
내가 주를 영원히 사랑합니다

사막에 피는 꽃

지금 내가 서 있는 곳은
메마른 사막
꽃이 필 수 없는 곳에서
꽃을 피우라 하십니다

샘이 없는 곳에서
주님이 오아시스가 되어 주시겠다고 하십니다

이 척박한 땅에서
눈물로 생수를 만들어
꽃을 피우라 하십니다

상처의 아픈 꽃을 피워
천 리를 가는 향기로
만 리를 가는 사랑으로
사막에 꽃을 피우라 하십니다

이곳에 주님의 십자가와 사랑만 진동하도록…

너는 상처 입은 치유자

내 눈물이 모여

기도가 됩니다

눈을 뜨니

내 영혼의 아픔이 모여

하늘의 별처럼 눈부시게 빛납니다

주님은

내 젊을 때의 수치와

과부 때의 치욕을

기억하지 못하도록

내 남편이 되어 주셔서

버림받은 자의 아픔과 서러움을

긍휼과 사랑으로 덮어주시니

나는 내 주님을 만날만한 때에 찾았고

가까이 계실 때 주의 옷자락을

붙잡았습니다

주님은

너는 상처 입은 치유자라 부르시고

일어나 빛을 발하라

이는 네 빛이 이르렀고

여호와의 영광이 네 위에

임하였고

이젠 네 슬픔의 날이 끝났다고

말씀하시니

내 영혼이 해같이 빛납니다

사명

주님,
내 영혼을 말씀의 풀무불 속에 넣어
달구어 봅니다
주님 한 분만으로 만족할 줄 아는
선한 청지기 되기 위해
매일 마음 새는 부분에 촘촘히
말씀을 새겨 넣습니다

주님,
이제 내 안의 모든 눈물이
상처의 꽃으로 피어 그 향기로
누군가의 아픔을 닦아주고
위로해 주며 십자가 사랑을
온몸으로 전하는 전도자로 살게 하소서

주님 안에서
사나 죽으나 십자가의 길을
삶으로 살아내며
주님 닮아가는 종의 모습만 남겨지게 하소서
그렇게 하루하루를
사명으로 살아내게 하소서

그는 예수

거룩하고 거룩하고
거룩한
성령의 바람이
시온의 성소에서 불어 와
사방으로 생기의 영을
풀어 놓으니
하늘 문이 열리고
구원의 문 열리나
내가 곳 길이요
진리요
생명이니
나의 십자가와 부활을
통과하지 않고는 천국 문 열자 없으리

더 라스트

내 목숨은 십자가 앞
죽음 앞에
걸어 놓았습니다

주님 언제든 가져 가십시요

다만 말씀을 들고
기적 속으로 걸어 들어갑니다

절대 믿음만 가지고
불가능한 장애물을 넘어갑니다

이것이 날마다
나의 신앙이 되게 하소서

내가 그리스도와 함께 십자가에 못 박혔나니

그런즉 이제는 내가 사는 것이 아니요

오직 내 안에 그리스도께서 사시는 것이라

이제 내가 육체 가운데 사는 것은 나를 사랑하사

나를 위하여 자기 자신을 버리신 하나님의

아들을 믿는 믿음 안에서 사는 것이라

– 갈라디아서 2장 20절 –

제4부

봄

무슨 인연으로 당신을 만났을까요
산형화서로 빛나는 연보랏빛 사랑
피우고 피워도 끝이 없는 사랑꽃
내가 살아서는 나갈 수 없는
당신이라는 늪

목인천강

천 개의 강에
물안개 피어오르듯 그리움은
꽃잎 적시는 소리에
새벽이 오기까지
가시나무 새가 되어 날아가네

사랑
그 고운 옷깃에 걸린 당신은
꿈꾸듯 하늘하늘 피어올라
바람의 현을 타고
한 잎 붉은 사랑의 꽃 강에 차오르니
오호, 눈부신 정령이여

인연의 끈은
꽃잎 둥지에
풀렸다가 매이기도 하니
눈물의 강에 새긴 붉은 사랑은
천 개의 나무마다
황홀한 물무늬 꽃잎으로 피네

오월의 편지

그리워 다시 그리워
그려보는 얼굴
하늘빛 고운 날에
뭉게구름 사이로 그렸다 지우고
다시 그려도
그리운 사람아

그대의 따스한 가슴 속
사랑을 키우리

오월의 눈부신 사랑을 걸치고
그대에게 가고 싶은데
봄바람에 옷가지만 만지작거리다
하늘 위에도 연초록 잎새 위에도
그대가 있어
다가가 얼굴을 묻고 싶어도
사방 그리운 것들만 바람 소리로 윙윙거린다

당신은 나의 봄이다

천 개의 눈으로
보고 있어도 그리운 사람
만개의 생각이 출렁이다
섬이 되는 고요 속
흐르고 흘러
그리움에 빠져드는 봄

당신은
한 음씩 찰랑대며
뇌하수체 가득
영혼의 울림을
쏟아내는 사랑의 늪이다

가만히 있으면
꽃 비에
젖어드는 사랑
당신은 늘 그리운 나의 봄이다

꽃 길

당신과 나
연둣빛 봄의 날개 아래
블루빛 바다를 두르고
은빛 물방울 부서지는 파도 소리에
화음을 넣어
포르테 시모로 날아올라
심장 소리 쿵쿵 울리는 그리움의 하루

나는 그대가 사랑이라서 좋은걸
말하면 뭘 해…

사랑은 그대와 내가 꽃이 되어
꽃의 향기에 하나로 물드는 것
인생을 사는 동안 슬픔을 이기는 꽃잎 웃음으로
서로의 꽃길이 되어 주는 것
우리 그렇게
평생을 함께해요

외눈박이 사랑

하냥 눈부신 별꽃 무리 담방대는 바다에
외눈박이 비목어처럼 그대 없인 살 수 없는
신들린 사랑 하나
달빛을 부수며 인어의 푸른 눈을 뜨고
그대에게로 간다

수만 마디의 꽃잎 언어가
물빛 파도로 부서지고
촉수마다 감기는 사랑을 그대 아는가

그대가 내게로 와서
꽃무덤을 만들고
달빛을 물고 온
푸른 물고기의 지느러미에
그리움을 매달고 울리는
저 소울의 한 音譜(음보)절마다
맺힌 절규

거친 숨결마다 환장하게
미친바람을 몰고 와
송두리째 내 영혼을 흔드는 그대여
무슨 인연으로 당신을 만났을까요
상형화서로 빛나는 연보랏빛 사랑
피우고 피워도 끝이 없는 사랑꽃
내가 살아서는 나갈 수 없는
당신이라는 늪

오월의 눈부신 장밋빛 사랑

오월의 눈부신
장밋빛 사랑을 안고
그대에게 가는 날
태양은 푸른 숲을 뜨겁게 달구고
신의 영광이 가득한
하늘 정원을 날아
구름 밭을 달렸어요

평생이 걸려도 괜찮아요

사랑은 오직
한 사람이 눈부시게 살다간 흔적이니
당신이라면 내 슬픔을 걷어내고
꿈의 정원을 만들 거예요

바람 속에서
구름의 신전 넘어
당신의 영혼을 만났어요
사뭇 치도록 그리운
내 詩性(시성)의 원천인 당신은
하늘이 허락한 내 운명입니다

찔레 덩굴 아래서

하얀 꽃잎 나풀거리는 찔레 덩굴 아래서
초록 그리움을 딛고 그대에게로 간다
바람에 깊어진 어둠 속에서도
찔레 덩굴 아래 서면 코끝 찡한
그대의 향기가 난다

초록의 숲 어디서나
싱그럽게 피어나는 내 사랑아
가슴 벅차도록 그리움에 물들어
초록 눈물이 또르륵
아, 나는
그리움에 즈려 죽는구나

한 잎 바람에 꽃 피우고
꽃이 지듯
죽고 싶도록 그리운 내 사랑아

내 하루가 저무는 동안
당신은 꽃대 두근거리는 심장 소리로
나붓나붓 오월의 사랑을 쓰네

그대 아름다운 사람아

당신이란 사람이
어떻게 세상에 온 것인지 궁금합니다
당신이란 사람이
어떻게 내게로 온 것인지 궁금합니다

오는 세상에도
가는 세상에도
다시없을 내 안에 가득 차오르는 사랑
나는 당신께 미치고 말았습니다

가뭇없이 쓸쓸한 이 세상에
누군가에게 미칠 수 있다는 것은
참 신기한 일이지만
당신을 바라보면 그럴 수밖에 없습니다

나는 당신에게서
세상에서 볼 수 없는 향기를 냄새 맡고
세상에서 느껴보지 못한 그리움이
내 가슴에 가득 차올라도
그 흘러드는 길목을 알지 못합니다

내게 이런 사랑을 안겨준 당신에게
내가 할 수 있는 것은
그대 가슴에
영원히 사는 것입니다

비 오는 날의 수채화

물빛 세상은 온통
그리움을 쏟아내는 수로
비가 내리면 그대는
내 마음의 강가에
풍금처럼 낮은 빗방울로 울린다

그대를 가슴 저리도록 안아버린 날
심장을 울리는 비 때문에
잠시 떨어져 있는 한순간도
내겐 견디기 힘든
당신에게만큼은 내가 백치라서

그대 없이는
슬픔인지
눈물인지
비는 뼛속까지
그리움을 담아
그대 가슴에 날개를 접고
한 마리 새처럼 웁니다

나비의 소풍

꽃물 든 가슴 봉긋 내민 봄날
여린 속살 헤집어
멀리까지 꽃잎 따라
날아든 나비의 소풍

봄의 향기에 녹아
세월을 잊은 게야

나붓나붓 고운 날갯짓에
꽃잎 열어 취해버린 심방엔
봄빛 무르익고

오색 그리움 풀어
꽃잎 뜨거들랑
바람에 불려간 마음
돌아올 길 없겠네

꽃사태 지는 봄날

바람 부는 날
숲의 길은 찬란한 꽃길이었네
하늘하늘 꽃사태 지는 산길을 걸어
모퉁이 돌아서면
나뭇등걸마다
추억을 다발로 묶어 두는
당신 곁에서
행복이 셔터를 누르며 웃고 있어요

슬라브 춤곡에 맞춰
나무는 나무끼리
바람은 온 산을 흔들어
꽃바람에 황홀이 불려 간 마음

하얀 벚꽃 쏟아지는
꽃그늘 아래선
내 그리움도 꽃사태 지네

달빛 호수에 내린 봄의 안무

호수에 빠진 달의 세월을 건져

그대에게 흐르는 봄날

초록의 물결 위로 자분자분 그리움 펼쳐

연둣빛 사랑 살포시 잎눈 뜨면

그대 심장에 그물 내린 꿈이

물이랑에 번져 행복도 따라오고

달빛 호수에 내린 봄의 안무

백조의 은빛 날개 아래 깃들어

꿈인가 하여 들여다보면

화조월석(花朝月夕)

허물 벗는 기도로 가다듬는 사랑이여

내 꿈빛으로 물든 그대 고운 가슴에

꽃사태 진다

백중기 화백 작품

봄의 왈츠

산 넘어 바다 건너 새털구름 사이로
봄이 오는 소리 들리고
바람이 불어오는 곳으로
봄은 가만가만 다가와
안단테 칸타빌레로
낭창낭창 울리고
비바체 사랑으로 심장을 울리며 사라집니다

연분홍 꽃잎 트는 소리에
마음은 들떠
아지랑이 피어오르듯 현기증 일고
오잉,
자전거 물빛 페달 밟아 오는
그리운 사람아
앞서거니, 뒤서거니
바퀴를 굴리듯
우리 사랑도 봄의 악보 위로 구릅니다

풍경 속 그대

하늘 아래
그대란 한 사람을
죽도록 사랑하고
그 향기조차 안쓰러워
꽃잎 휘날리는
봄의 꽃 강에
몸져누운
사랑

그대를 잊고자 지워내던
기억의 텅 빈 눈물 수렁엔
차고도 넘치는 그리움이
꽃 비에 젖어 흔들려와도
수채화 같은
그대 마음 훔치러
나 풍경 속 그대를
도킹하는 중입니다

봄이 오면

봄이 오면
인연으로 건너간 마음 길 따라
그대
마중하러 갈래요

구름의 허리 꺾어
다리를 놓고
바람의 붓끝으로
곱게 터치해
사랑만 꽃피도록
날마다
꽃대궁에
옹알거리며
한 송이
꽃으로 피어날래요

봄날에 기대

봄날에 기대
그대 몸 어딨게
물빛 파도로 구르는 내 사랑아
목숨처럼 질긴
꽃으로 피거라
生(생)이 되거라

석류알처럼
알알이 여문 붉은 사랑이 되어
한 사람의 빛이 되거라
아지랑이 타고 하늘로 오른 기도
오늘은 네가 후드득 마음 두드리는 봄비를 안고 와
우산 속 쏟아지는 그리움이 뭉클
언제쯤일까
달콤한 입술 달싹이는 그대가
꿈 빛 언약 걸어
내게로 오는 시간은

꽃물 들면

꽃피는 봄날
봄비에 젖어
꽃잎에 스민 물방울처럼
수채화로 물든 그대를 만나러
봄 소풍가요

꽃들의 아우성을 들으러
봄 소풍가요

백중기 화백 작품

제5부

여 름

블루 빛 칠월 대문엔
바다로 가는 문하나 내어
은빛 백사장 모래톱에 잘린
하얀 패총 더미 같은
추억 쌓아두고
밤이면 바다로 모이는 꼬리별의 꿈을 따
꽃빛발 내리치는
詩(시)처럼 살다가요

블루 빛 칠월

블루 빛 칠월 대문엔
해바라기 꽃을 꽂아둡니다
당신을 향한 내 마음은
언제나 해바라기니까요

블루 빛 칠월 대문엔
바다로 가는 길을 꽂아둡니다
무더운 여름 데리고
바다로 풍덩 뛰어들어
푸른 바다와 나르시시즘에 젖어
그린 내 향기 꽃잠에 깨는
아침을 맞고 싶어요

바다인 그대와
한 세월 출렁여도 좋은 사랑
황혼이 물드는 저녁이면
그리움 해산하는 핏덩이 하늘
바다에 몸 풀듯
해 품은 달의 사랑으로
그대 안에 살다 가리니

블루 빛 칠월 대문엔

바다로 가는 문하나 내어

은빛 백사장 모래톱에 잘린

하얀 패총 더미 같은

추억 쌓아두고

밤이면 바다로 모이는 꼬리별의 꿈을 따

꽃빛발 내리치는

詩(시)처럼 살다가요

참꽃 사랑

그댄 아는가
물푸레나무 흔들리는 겨드랑이마다
칭칭 감기는 그리움 딛고
꿈속의 페달 밟아
무의식으로 달려가는 마음

그대에게 닿을 수 없는 슬픈 언저리마다
뼈저린 기다림
당신이 보고 싶어
높은음자리표로 날아올라
터질 것만 같은 심장에
스멀스멀 스미는 사랑

그댄 아는가
온종일 간절한 기도로
하늘에 편지를 쓰다 눈물이 고여
아무 말도 할 수 없는
울컥울컥 올라오는 참꽃 사랑

콩깍지

초록의 숲 어디서나
그대 입술 지그시 문
물빛 추억 따라
눈에 넣어도 아프지 않을 사랑
내 허리를 감았어요

태양의 눈을 닮은 당신이
이리로 오라
이리로 오라 부르시면

그 긴 떨림
당신에게만 반응하는 내 심장은
여름처럼 자작자작 타오르는
미친 그리움입니다

선홍빛 꽃의 비사

사랑아, 너는 아르페지오의 눈물 속에
꽃 나비가 되어 날아오르고
무수한 별들의 꿈에 너의 달콤한 입술이 닿아
사랑으로 흐르던 밤엔 세상이 오직 너 하나로만
빛나서 아름답구나

선홍빛 꽃의 가슴 헤집어
소나기로 퍼붓던 그리움이
무의식의 소용돌이를 열어
그대를 부르는 저물녘엔
꽃잎 지는 눈물의 강이 되고 말지만

내 사랑의 꽃잎 달그림자 뜨거들랑
천년 사랑의 붉은 꽃잎 데리고
그대 잠든 머리맡
바람에 한 잎 그리움 띄워 그대에게로 갈까

생애 한 번은 샹그릴라를 향해

생애 한 번은 마음속 해와 달이 뜨는 곳에서
전설의 마을로 들어가 나 당신과 함께
살아 보고 싶어요

상관의 바람과 하관에 눈부시게 핀 꽃 숲 사이
얼하이 호수에 비치는 달빛을 떠
그대에게 주고 싶고
샹그릴라 호수 가를 산책하며
야크를 몰고 끝없는 초원을 달려보고 싶어요

자연을 벗 삼아 천성이 순하고 여린 풀꽃처럼
밤하늘 쏟아지는 별들을 헤아리며 잠들고
맑은 호숫가 봄 여름 가을을 지나는 동안
달빛이 호수에 부서져 은파가 생기는 물을 떠 마시며
나시족처럼 살아도 좋겠습니다

가장 무더운 여름이 오면 히말라야 산을 산책하듯 오르고
만년설의 궁궐에 당신과 내가 눈사람이 되어
마주 보고 서 있어도 한 생이 외롭지 않겠습니다

사랑의 광시곡

아르페지오의 음계를 밟아
하얀 눈꽃처럼 스미는 사랑이여

렌토, 라르게토로
천천히 바이올린 음계를 오르내리며
황홀이 불려간 마음
디 플랫 메이저로 은은히 달빛 아래 흘러들어
그대가 한 음씩 흔들리며
바람처럼 내 귓가에 속삭여요

단 한 순간 스침으로
그대의 생애 속으로 걸어 들어가
뜨겁게 타오르는 태양의 전설 같은 사랑의 음계로
우르릉우르릉 그대 심장을 울리며
시처럼 사랑하는 법을
그대에게 들려주고 싶어요

가장 깊은 사랑의 열정을
뇌하수체 가득히 쏟아내는 그리움의 하루
그대 붓끝에 그려진
詩(시) 꽃으로 황홀히 피어있고 싶어요

바오밥나무처럼

오래도록 나를 흔들던 바람
당신이 아니면 안 될 것만 같아
그대를 내 영혼에 심었습니다

천 년을 사는 바오밥나무처럼
내 앞에 우뚝 서
이 미친 그리움을 부르는 그대

원시림의 숲을 키우는 산처럼
나는 당신을 키우고 싶고
해를 품은 달처럼
그대를 품고
블루 빛 푸른 바다
은빛 윤슬로 그대의 아침을
깨우고 싶습니다

당신은 내 행복의 비밀입니다

내 하루가 당신에게 와서
당신으로 저물고
이렇게 만 리 밖에 떨어져
서로를 생각하여도
내 눈은 당신을 향해 달려가고
내 마음은 당신만 바라보니
당신이 아프면 나도 아프고
당신이 웃으면 나도 웃음이 나는
그저 사는 일이 평범한 일상이어도
당신은 내 행복의 비밀입니다

우리가 손잡고 걷던 자작나무 숲 속
그 하얀 나무의 수피마다
상형문자로 새겨진 그리움
그대 허리춤에 매달고
꼭 잡은 손 평생 놓지 않기로 한
그 약속은 지켜 주세요
당신은 내 삶의 배경에서
풍경으로 그려진 내 행복의 비밀이고
나는 당신을 담은 모래시계입니다

달빛 그리움 디뎌 그대가 뜨네

꿈인 듯 달항아리 가득 차오르는
물빛 사랑을 떠
마음마저 젖어드는 밤
그댄 아는가

달빛 내린 그리움의 강을 걸어
한 음씩 바람에 불려간
물빛 사랑을 연주하여도
달빛은 저리도 밝아
숨 막히도록 그대 보고 싶다
부풀린 기다림
그댄 아는가

몸 안 깊숙이 묻어둔 사랑이
별꽃이 피고 지는 꽃길을 딛고
가슴 헤집는 마음 안 기억들을
당신으로 물들여도
온종일 떠오르는 은밀한 소요

내 생애 가장 소중한 당신에게

눈을 뜨면
그대가 내 안에 그리움으로 출렁이고
먼 파도 속을 달려와
물비늘 냄새 가득한 바다 냄새 떨구고
내 영혼에 새벽 날개로 드리운 당신
그대가 뿌려준 소금기 가득한 사랑 속엔
내 하루 분량의 행복이 담겨 있어
그리움으로 움튼 은빛 찬란한 삶의 가지마다
사랑을 심었습니다

내 생애 가장 소중한 당신에게
빗살무늬로 얼룩진 세월 속
알알이 박힌 가시 뽑아내어
내 허리춤에 매달고
나 하나로 인해
행복에 겨운 미소 안고 오도록
별꽃이 피는 언덕에
내 사랑의 가로등을 밝혀 두었습니다

꿈꾸는 섬

물빛 파도의 숨소리가
수면 위로 떠올라
바람의 갈퀴에 나부끼고
꽃잎 떨어져 흔들리는
저문 물소리
물이랑에 출렁이며 깊은 해저의 수심을 따라
환상의 산호초 바닷속을 부유한다

그리움 불러낸 자리
수미산 자락에
천 년에 한 번 피는 꽃처럼 눈뜬 사랑
계절의 경계를 허무는 바람 속으로 저물어
꿈꾸는 섬이 된 그대

기억의 지문마다
심장이 멎도록 감전된 주파수에
번개를 친다

달을 삼킨 바다

달을 삼킨 바다는
하얀 물수국 같은 그리움을 쏟아내며
인연 생기의 푸른 파도로 부딪쳐
마법의 꿈풀이를 하는데요

바다를 사랑한 달 같이
생의 환부를 비추는 그대
한 슬픔이 물의 수면 위로 흘러가고
한 기쁨이 물의 수면 위로 흘러옵니다

달을 삼킨 바다처럼
태양을 삼킨 달처럼
그리움의 하루

섬과 바다가 사랑에 빠지듯
온종일 그대에게 빠져듭니다

때로는

오직 한 사람의 가슴속에 들어가
천둥소리로 울리고 싶네

오직 한 사람의 마음속에 들어가
사랑이 부르는
붉은 심장 소릴 듣고 싶네

천 년 후에도
만 년 후에도
사랑에 미친 불새 되어 그대에게 날아가고 싶네

왜 그리운 것은

바퀴를 굴리면 천지간 모든 길이
그대에게 가는 꽃길 같아
물빛 페달에 바람 감기듯
그대는 구름 밭을 마중한다

왜, 그리운 것은 멀리 있는가
왜, 그리운 것은
아련한 꽃 빛 춤을 추며 흘려 가는가
쉬땅나무 숲길에 눈물 번져
물푸레나무처럼 한 음씩 흔들리는 날은
행여, 그대 오시길…
강 건너 행주산성 꽃불 켜니
물이랑에 헤엄치는 불꽃 너울마다
그리운 풍경인데
생시에도 그대 보고 싶다
강물 되어 흐르는
내 안의 붉디붉은 사랑은
배롱나무꽃의 눈물이다

그대는 내 풍경 속 시인의 바다

깊은 바다의 지느러미를 만지며
달빛을 길어 내
수면 위로 그리움을 부었어요

바닷속만 깊은 줄 알았어요

사랑하는 내 당신이
호명하는 소리에
천상의 별들은 바다 위로 쏟아지고
그대는 시인의 바다로 출렁이며
내 여백의 공유지마다
은빛 물방울 언어의 꽃을 피우고
천상의 바람 소리를 놓아
하늘을 품어내는 시간

당신만 볼 수 있고
당신만 느낄 수 있는
마법에 걸린 난
사랑의 죄로 평생 허물을 벗을 수 없다 해도
부디 사랑이 멈추지 않기를…

마음을 흔드는 그대가 있네

눈부신 꿈의 비밀을 들고 거기 그대가 있네
바람의 언어를 두르고 그리움의 성소 안
나를 기다리는 그대가 있네
가만히 아주 가만히 아다지오로 흐르다
비바체로 조여오는 사랑의 힘
그 깊음 속에 그대가 있네

나는 여기서 그대는 거기서
한 음씩 바람에 찰랑이며
물빛 사랑을 연주하네

은하계의 천문처럼 빛나는 곳에서
계절 없이 사랑의 꽃씨를 피워
하루를 천 년같이 천 년이 하루같이
한 사람이 왔다 간 사랑의 흔적을
영원한 그리움에 새기며 살자 하네

불치병

그리운 것은 모두 안 보인다

그리운 것은 모두 저 하늘의 별이 되어

꽃빛으로 빛나고

생의 한가운데를 깁는 하루

옥수수 마른 잎을 까는데

옥수수 잎사귀에서 그리운 엄마의

소리가 들린다

애야! 옥수수 딸 건데 와라

애야! 복숭아가 엄청 달고 맛있다, 낼쯤 와라

애야! 꽃밭이 엄청 예쁜데 꽃 보러 한번 안 올래

애야! 꽃 지기 전에 꼭 한 번 들리거라

애타는 그리움 속 타는 줄도 모르고

가끔은 "바빠서 못 가요."

"다음에 갈게요." 하고 했던 말들이 가시 되어

눈물겹다

부모는 가시고기처럼

제 살을 발라 먹이시며

"애야, 잘살거라."

끝끝내 아낌없는 사랑의 피로 나를 낳으셨으니

내 몸뚱어리에 찍힌 지독한 불치병은

당신이 심으신 사랑입니다

가을은 남자의 향기로 술렁인다

누워라 누워라
휘어진 그리움의 곡선 따라
희끗희끗 고개 숙인 여로
고독은 헐겁게 자신을 비워낸 빈 대롱에
가볍게 흔들리고
은 비늘 머리 바람에 찰랑이며
남자의 향기로 물들어
세월의 무상함을 물들이는
떡잎에 추로마저
망막을 마비시키고

가을로 불타는 당신 곁에서

하늘 위에도
땅 위에도
바다 위에도
바람의 길을 내어
곱게 물든 나뭇잎마다
흘림체로 써 내린 사랑
한 폭 수채화로 걸린다

제6부

가을

가을이 익혀내는 사랑에

잉걸불처럼 타올라

세월 감기는 몽롱한 기억의 숲

은비늘 떨어지는 소리가 들리기도 하고

그리움 하나 스멀스멀 기어와

온통 붉은 사랑에 매이고 있다

그대 오실래요

가을이 내 가슴에 물드는 날엔
풍경으로 곱게 물든 사랑만 들고
당신에게 꽃 너울이 되어
향기만 전하여도 좋겠습니다
바람에 불려 오는 그리움 감아
그대에게 가는 길은 아름다운 꿈길 입니다 만
들꽃에 풍겨 오는 향기 담아
그대에게 갑니다

정창화 시인 작품

가을 소묘

가을엔 잡목림 숲 붉게 태우는 소리에
홀연히 추억이 물들기도 하지
가을엔 살아 있는 모든 것들이
제 몸 어울리는 빛깔로 물들어
황홀한 그리움에 끌려가기도 하지
그러니,
첫사랑 같은 그리움에 눈멀어
길을 잃기도 하고
마음과 마음에 뉘인 교각 사이
거침없는 사랑이 흘러
너를 나인 듯 착각하기도 하지
그러니, 제발
가을엔 외롭지 말라

가을 닮은
한 사람의 예쁜 풍경이 되자

꽃 울음

꽃이 질 땐 꽃잎도 아프다고 웁니다
천상의 마술사가 덧칠한
물빛 꽃잎마다
찬란한 꽃술을 문질러
바람에 나붓나붓 흔들리는
지상의 가장
아름다운 꽃잎도
꽃잎 질 땐 아프다고 웁니다

한 계절 머물러
꽃밥을 문지르던
나비의 달콤한 사랑에
수줍은 꽃을 피운
목숨 건 사랑도
꽃이 질 땐 설움에 받쳐
눈물로 꽃잎을 적시어 버립니다

박혜정 화백 작품

박혜정 화가는 여수를 빛내는 서양화가이며
남농미술대전 특선을 수상한 화가다.

사랑에 매이다

가을빛 그리움을 들고 그대에게 가는 날은
현으로 부서지는 아르페지오의 음계로
가장 깊은 마음 안
시울에서 동공까지 물무늬 사랑을 새겨
그대 심장 뛰는 소리에
마법의 성을 쌓는다

곁에 있어도 보고 싶은 그대
당신도 나만큼 그리워서 잠 못 들고 있나요
사랑하고도 그렇게 사랑하고도 외로운 것은
당신이 지금 내 곁에 없기 때문입니다

가을이 익혀내는 사랑에
잉걸불처럼 타올라
세월 감기는 몽롱한 기억의 숲
은비늘 떨어지는 소리가 들리기도 하고
그리움 하나 스멀스멀 기어와
온통 붉은 사랑에 매이고 있다

그대를 위한 가을날의 연주

그대 그립다 한들 내 마음을 아시겠습니까
내 생애 마지막인 것처럼
그대를 위한 사랑의 연주는 내 호흡이
멈추는 순간까지 그치지 않을 텐데도 말입니다
내가 그대를 사랑한다 한들
그대가 내 마음을 아시겠습니까

파란 하늘 가득 "당신을 사랑해."라고 썼다 지우고
다시 일렁이는 구름 깃에
내겐 당신뿐이야 라고 쓰고도 허전해
죽음이 갈라놓을 때까지
"당신만 사랑할게."라고 쓸 텐데도 말입니다

산다는 건 누군가를 사랑하는 일입니다
그립다는 건 누군가를 기다리고 있겠다는 말입니다
살면서 우리가 해야 할 일도 사랑하는 일입니다
나이가 들어 달아지고 낡아가도 사랑은 남겨지도록
가을빛에 곱게 익어 가는 것입니다
저 붉게 타오르는
노을의 마지막 잔치처럼 아름답게 사위어 가는 것입니다

가을빛 그리움에 편지를 쓴다

유난히 하늘빛이 맑은 가을날
그대에게 갑니다
오늘은 그대와 향기 진한
꽃차를 마시고 싶습니다

석양의 금빛 노을 물든 하늘가
쉼 없이 흔들어 대는 색 바람에
내 마음의 편지를 써
바람 따라 구름 따라 흘려보내면
그대의 마음에 닿을까요

그대는 지금 무얼 하고 있나요

정창화 시인 작품

어쩌면 좋아요

이른 아침 창문을 열면
유치원 뜰에 내린
햇살 한 줌과
쪽빛 푸른 하늘에 걸린 조각구름이
그대 소식을 안고 옵니다

작은 숲에 쌓여 산새들 날아들고
지붕을 덮어버린 아카시아나무 밑
작은 단풍나무가 통유리 너머로
팔을 뻗쳐오면 나도 모르게
그리움을 몰고 오는 당신 곁으로
외출을 나서는 마음

사실은 꽃처럼 예쁜 아가들의
고운 웃음 속에도 그대가 보이고
살랑살랑 가을을 몰고 오는
단풍나무 잎새 사이로도
그대가 내게로 오는 소리가 들려요
어쩌면 좋아요
난 그런 당신 때문에
현기증이 나는데

기억의 지문

수직으로 뻗은 꿈의 나무 아래
전생이 흔들리며 숲이 일어서고
그리움 흘러내린 잎잎이
잎맥처럼 새겨진 그대
시간의 틀 속에 놓아 돌리고 돌렸어요

흐르는 물이거나
바람이거나
공기처럼 내 호흡을 지나
내 눈 속에
내 귓가에 머문 그대는
세상에 하나뿐인 내 사랑인데

기억의 지문마다
생애 무늬를 놓아
꽃대 두근거리는 심장 소리로
내 온몸에
몽환 같은 사랑을 저장한 당신은
수천수만의 감정의 촉수를 눌러
바람의 신으로 연주하는
나의 금관 악기입니다

사랑의 무법자

깊은 밤
구름의 신전 넘어
은빛 날개를 휘저으며
태양의 심장을 달고 온 당신은
내 사랑의 무법자로 가을을 태운다

고독의 가지 끝
천 갈래 바람 앞세워
타는 목마름으로 내게 온 순간부터
그대에게 신들린 나는
한 호흡 사이로도 그대가 그립고 그리워
하늘 아래 가장 귀한
내 하나의 사랑이라 새기고
땅 위에 가장 소중한 내 하나의 사랑이라
바람의 붓끝으로 구름 위에 써내리니
가을은 저리도 붉게 물들어
형형의 색 물감을 부어 눈부신 데
당신은 내 사랑의 무법자로
가을을 태운다

가을의 미소

가을엔
당신에게 꽃 너울이 되어
향기만 전하여도 좋겠습니다

보이지 않아도 보이는
함께하지 않아도 늘 내 곁에 있는 사람
나는 지금
당신의 가을 속으로
곱게 물들어 가는 중입니다

정창화 시인 작품

고 독

그대가 누군지 몰라도
문득, 그대 발길을 멈추게 하는 들꽃이 되어
그대가 한세상 쉬어가는 오솔길에
지울 수 없는 그리운 사람으로 남을 수 있다면
세월을 훔쳐내
풍경화 속에 그림 같은 시를 쓰고 싶다

그대가 누군지 몰라도
바람이 지나는 들길을 따라
노을이 물드는 하늘가
흐르는 구름다리 위
그대만을 위한
서정시를 쓰고 싶다

정창화 시인 작품

속삭이는 자작나무 숲

계절의 경계를 알리는 마지막 가을이
자작나무 숲 속에 걸려 흔들립니다
키 큰 자작나무 꼭대기
한 음보씩 추억을 물들이며
음표처럼 떨어지는 노란 잎사귀마다
당신에게 보낼
그리움을 덧칠합니다

당신밖에 모르고 산
시간의 흔적들이 고스란히
자작나무 숲에 상형문자로 새겨진 채
하얀 나뭇등걸마다
반달무늬 직인이 찍힙니다

얼마나 더 기다려야
당신의 별에 닿을 수 있을까요

자작나무 숲 달빛에 걸린 시간이
멈추어 있습니다

백중기 화백 작품

백중기 화백은 강릉 영월에서 작품활동을 하는 중견 작가이다.
고향의 아름다움을 섬세한 화필로 미학적 그리움을 터치해 내는
보기 드문 화가이다.

자작나무의 꿈

보셔요
기억의 문을 열면
풍경처럼 서 있는 나무들의 꿈
서로 어우러져
행복을 노래하면
연둣빛 사랑을 두른 자작나무 잎새에
바람이 불고
온몸 자작자작 소스라치며 웃는 미소
나무 향 가득 스며 와
설렘으로 내 심장만 뛰는

보셔요
사람의 인연도 잊혀지지 않으면
그 길에서 다시 만나고
마주치고
그리움도 새순처럼 돋아나는 걸

자작나무 잎사귀
바람에 흔들릴 때
그 나무 아래 서면 느껴져요

자작나무 숲으로 간 그대

자작나무 숲에서 바람이 불었네
연초록 잎사귀마다
꿈꾸는 바람의 언어를 놓아
52Hz 감성 주파수로
가슴 뛰는 그대 심장
수화를 읽어 내는 시간
자작나무 숲에서 푸른 꽃이 피네

숲 푸서리 민들레 겨드랑이마다
섬세하게 찍힌 그리움의 물무늬엔
울컥 이며 올라오는 뜨거운 사랑
그대가 꽃빛으로 피어나네

행성에서 온 그대

바람의 아니마 여인의 향기 같은
혹은, 바람의 아르스
또는 바람의 아니무스
폭풍 같은 바람의 핵이거나
신비한 영혼의 혼돈 속에
더듬이가 있었는지도 모른다
미친 열정이 눈을 떴다

추억의 궤도를 지나
막 도착한 그대는
기억에 없는 암호로
페로몬을 발사한다

나의 에러 메시지에
재부팅된 수십 개의 기호는 하트 문자였다
가장 빠른 메가바이트로 기억에 입력되어
붉어지는 마음에 고압 전류가 흐른다

그대 생각에 젖어들면

가슴에 쌓인 설움
켜켜이 간직한 하늘이
슬픔에 젖은 구름 한 자락 걷어내니
옹이로 맺힌 눈물
멈추질 않아
소낙비로 내린다

무슨 말을 해야 하나
그대 생각에 젖어들면

그리움은 혈관을 타고 흘러와
칠현의 악기로
마음의 제방을 무너뜨리고
그대 내 심중에 머물러
말없이 올려다보는 하늘엔
젖어 흐르는 눈물뿐이다

아, 가을

꽃 단풍 우수수 바람에 날리는 숲길
이리도 고운 나무의 흔적이
추억 속으로 떠나는 시간
주님
가을보다 깊이 제 마음속으로
걸어와 십자가와 사랑의 길

함께 동행해 주세요

이 가을처럼
열매로 익어 가는 삶이 되게 하시고
나의 하루하루가 주님의 햅시바가 되게 하시고
주님의 어여쁜 뿔라가 되게 하소서

*햅시바: 나의 기쁨이 너에게 있다
*뿔라: 주님께서 신부처럼 사랑하심

가을빛 그리움을 들고 그대에게 가는 날은
현으로 부서지는 아르페지오 음계로
가장 깊이 그대 마음으로 달려가
시울에서 동공까지 물무늬 사랑을 새겨
심장 뛰는 소리에 너를 안아
마법의 성을 쌓는다

백중기 화백 그림(겨울밤 달빛아래서)

제7부

겨 울

온종일 그대에게로 흐르는 그리움은
눈발이 되어 휘몰아치고
한 생 다해 사랑하고 싶은 당신 때문에
하늘길 열어 기도의 향기 피워 올리면
당신은 내 사랑의 전설이 되어
백설의 눈부신 평원으로
나를 부른다

눈 오는 날

눈이 내려요
눈사람을 굴리던 꼬마 친구들도
집으로 돌아간 빈 공원 벤치엔
눈이 쌓이고
나뭇가지마다 하얀 꿈의 날개를 달고
동화 속 궁전이 된 세상

온종일 그대에게로 흐르는 그리움은
눈발이 되어 휘몰아치고
한 생 다해 사랑하고 싶은 당신 때문에
하늘길 열어 기도의 향기 피워 올리면
당신은 내 사랑의 전설이 되어
백설의 눈부신 평원으로
나를 부른다

순백의 하얀 꿈

폭설 같은 그리움 쌓아
꿈의 자리에 걸어 놓고
그대가 보고 싶어

수천수만의 촉수로 감아올린
기다림의 단애
눈사태로 내린다

하얀 눈꽃 설원에
바람이 불 때마다 은사의 실루엣 사이로
그대는 환영처럼 다가와 출렁이고
순백의 하얀 꿈길 찾아
그대에게 가는 길은
추운 겨울 와도 행복하다

꽃눈을 녹이며 그대는 내 안에 흐른다

가지도 오지도 못하고

저 먼 하늘 허공 중

사랑의 끈 하나를 가슴 깃에 걸고

그리움은 폭설이 되어 당신을 찾아 나서고

눈길에 만날 수 없는 우리는

수시로 안부를 물으며 서성이는 날

폭설에 길이 막힌들

그대가 내 안에 사는 그리움을 어찌 막으랴

삶을 온통 하나의 붉은 탯줄로 감아

떨어질 수 없는 당신과 나

죽음보다 강한 사랑으로

눈 내리는 하늘길에

나는 눈물의 강이 되어 흐르고

그리운 당신은 꽃눈을 녹이며

내 안에 흐른다

눈을 맞으며 청솔가지 위

포르르 날아오르는

새들의 노랫소리도 듣고

하얀 눈옷을 걸치고 바람에 흔들리는

나무들의 이야기도 듣고

봄을 기다려 깊은 잠을 자는

나무들의 꿈속에

생애 목마름이 씻겨지는

한 컷의 그림 같은

사랑을 심어봐요

눈이 내린다

은빛 억새의 하얀 머리 위로 눈이 내린다

휘어지는 곡선과
쇠하기 시작한 몸 안의 바싹 마른
빈 대롱 위로
목 쉰 소리 흘리는
마지막 그리움의 노래가 아프다

하얀 그리움 흘러
한때 지독한 열병을 앓던 사랑은
제 몸을 비워 어디로 가나
아무도 올 수 없는 내 안 외로움의 형벌 위로
눈이 내린다

G단조 '아주 여리게'로 다가와
억새의 깃털 끝에 매달린 눈꽃
물방울이 되어 흐르는
결빙의 시간
그대의 흔적조차 아득히 멀어진다

눈 내리는 겨울

달도 차면 기울듯
인생도 시간의 바퀴를 굴리며 점점 기울어 갑니다
그 숲에 가 보면 보입니다
나무는 나무끼리 흔들리며
계절의 경계에 닿는 아픔을 인내라고 합니다

사람은
오르막과 내리막을 조심하여 살아가듯
사랑도 천천히 따스한 곳으로
마음을 녹이며 흐릅니다

눈 내리는 겨울
사랑이 흐르다 머문 곳은
그리움 가득한 마음의 집입니다
나는 그대가 나 하나로 인해
행복에 겹도록
내 전부를 기꺼이 내어 드리겠습니다

거꾸로 비추어 보기

부부의 대화는 종종
상처를 만드는 돌이 된다
서로 마음을 들여다보고
거꾸로 비추어 보면
마음이 보일 텐데
안 보이니
어깃장을 놓는다

그렇게 자주 마음은 외출을 한다
미움은 싹이나니 자라기 전에
잘라 주어야 한다

서로 생각이 어긋날 땐
거꾸로 비추어 보아
마음 안
꽃길을 만들자

바람의 언덕

가슴 깃 스치는 달콤한 바람의 입술에
하늘빛 그리움 담아
그대의 풍경 속에 빠져드는 시간

눈이 부시게 그리운 사람은
바람의 언덕에서 추억을 인화시키고
춤추는 바다의 수면 위로
황홀한 꿈을 분사한다

바람이 온몸을 휩쓸고 가는 폭풍의 언덕에서
소설 속 등장인물이 되어 대본 한 편을 썼다 지우고
다시 그려보니
붉은 노을처럼 타들어 간 가슴에
자흔처럼 새겨진 사랑
잠을 잊은 내 그리움의 노래입니다
오직 그대 한 사람을 미치도록 사랑한 나의 절규입니다
바람의 언덕에서
물풀처럼 칭칭 감기는
그리움과 허리 휘며
부디 꿈의 세상에 발이 닿기를…

당신을 지금 가져가도 될까요

당신을 지금
가져가도 될까요
그대의 쓸쓸한
삶의 마디마디 드리워진
외로움의 그림자
제가 지워 드리겠습니다

그대가 아직
아파해야 할 고통이 남아 있다면
그 흐르는 눈물마저
제가 모두 가져가겠습니다

사랑으로 병든 가슴
사랑이 음악이 되어 흐르도록
애달픈 사랑을 하겠습니다
오랫동안
가슴에서 뭉개지고 상처 난
사랑의 눈물 꽃
눈이 부시게 피어나라고
그대를 지금 가져가도 될까요

달의 가슴에 사랑을 새기다

달의 가슴에
내 사랑을 심어 볼까요
별의 눈망울에
내 사랑을 부어볼까요
꽃의 입술에 내 사랑의
향기를 부어볼까요

너 그리움의 사랑아
사랑도 꽃처럼 피고 지는가
내 그리움은
달의 심장이 되어 뛰고
별의 눈이 되어 반짝이는 데
거기 누구 없소

천 개의 눈

천 개의 눈으로 당신을 봅니다
만 가지 생각이
물 위를 떠갑니다

천 개의 눈에서 비처럼 눈물이 흐릅니다
그대와 나 사이 강물이 흐릅니다

천 개의 눈으로 당신을 봅니다
만 가지 마음이
화상에 덴 듯 아프고 쓰려 옵니다

천 개의 눈으로 당신을 봅니다
계절마다 뜨겁던
꽃 물든 마음
심장이 하나로 포개져 나눌 수 없나 봅니다

외눈박이 눈으로 나를 봅니다
사랑 그 지독한 열병에 타들어 간 내 마음은
당신 아니면 살 수 없는
만 개의 고독에 잠깁니다

그대 괜찮을까요

꿈인 듯 몽환처럼 다가오는 사랑의 느낌
곱디고운 오색 화폭 사이 풍경으로 물들고
그리움 흘러내린 자리마다
그대 향한 내 마음의 편지
흘림체로 내려와 빼곡히 앉습니다

어느 날 그저,
그대를 마음에 담고 말았습니다
사는 날이 한결같지 않은 것은 축복인가 봅니다
어느 날엔 먹구름 가지에 사랑이 걸리기도 하고
어느 날엔 뭉게구름처럼 끝 모르게 피어오르고 흘러
붉은 노을의 추억으로 세월 언덕을 넘기도 하니
사는 날이 많은 것은 우연한 축복인가 봅니다

그대 가슴에도 그리움에 물든 꽃 바람이 불어옵니까
자꾸 그대가 보고 싶어집니다
사는 날 동안 내 마음 덧댄 詩(시)의 가시에 걸려
눈이 아프도록 나를 바라보게 하여도
그대 괜찮을까요

내 하나뿐인 당신아

당신아,

내 하나뿐인 당신아

이 추운 겨울

어둠이 내리는 문턱을 넘어

내게로 오십시오

나는 그대와

이별이 없는 사랑을 하고 싶습니다

당신아,

내 하나뿐인 당신아,

그대가 하늘 구름이 되어 내게로 흘러오면

나는 바람으로 그대 곁에 달려가고

그대가 눈물의 강이 되어

내게로 흘러오면

나는 갈대가 되어 그대 눈물 쓸어 주리니

당신아,

내 하나뿐인 당신아,

이 생애 우리 사랑

죽음도 갈라놓지 못할진대

그대

외로워 마시라

이렇게 만난 것도 인연인데

무엇을 더 바라겠소

바람의 눈물

달빛 차오르는 밤길을 달려
그대에게 가는 날은
강을 건너고
구름 속을 달려
별꽃이 반짝이는 꿈길을 지나
달의 침궁(寢宮)으로 가 보았어

더는 흐르지 못하는 눈물샘에
소금 전분 같은 그리움이 바람에 날리고
세월을 누빈 흉금의 뼈마디에
괭이갈매기의 부러진 날개처럼
참담함이… 뚝 끊긴 길에
핏물로 젖어들었지
묶어 삭은 사구의 갯벌 같은 아픔은 숨겨 두고
오랜 슬픔으로 떠돌던 바람의 눈물이
달의 벽으로 스며들었지

끝없는 갈망과 회오
말 못 할 그리움의 미친바람이 불고
사는 게 꿈만 같아

나를 봐요 오디세우스

저기,
붉은 해가 흐려진 윤곽 사이로
마지막 어둠을 향해 침몰하는 시간
당신의 손을 잡고
내 생애 전부를 보내는
꿈같은 시간을 기다릴래요

나를 봐요, 오디세우스
때로 삶은 그림 같아요
루오의 어둡고 우울한 슬픔이었다가
폴 고갱의 원시적 사랑이었다가
샤갈의 모호한 내면 예술이었다가
밀레의 만종 같은 충만함이
수시로 내 삶의 배경 화면을 바꾸어 놓아요

나를 봐요 오디세우스
푸른 별의 꿈을 펼칠
그대 섬에 나를 내려줘요
세월 속 진주로 빚은
내 그리움을 들고 그대에게 가는 날은
믿음의 신 하나 지어드릴게요

숲으로 난 하얀 길

눈 내리는 언덕을 지나

숲으로 난 하얀 길을

바라봅니다

형체를 알 수 없는 신비 속에서

누군가 남긴

움푹 폐인 그리움의 발자국 위

햇살은 작은 진주 알로 흩어져

눈부신 결정체의 빛을 뿌리고

그대에게 가는 길은

아무리 먼 길이라도 괜찮습니다

내 안에 흐르는

이 간절한 그리움이 그대에게 닿는 날은

그대도 나처럼

뜨거운 눈물을 흘릴 테지요

나는 그대가

못 견디게 보고 싶으면

이 나무 아래로 달려가

숲으로 난 하얀 길을
바라봅니다

여기,
내 마음의 언덕에 뿌리내린
황금소나무 한 그루는
그대의 영혼이니까요

마지막 꿈의 문장 뒤에 오는 사랑

겨울 바다
노을 지는 저물녘
붉은 햇덩이 그리움 떼 지어 흐른다
그대에게 흐를까
혹여,
바람은 가는 길을 알고 있을까

내게 남겨진 마지막 열정을 쏟아

포르테 시모로 날아올라 피날레로 기억되는
사랑의 문장을 들고
그대가 내 세월의 바다에
출렁이는 꿈의 비밀이 되어
오는 날 있을까요

겨울바다는 하얀 눈사태처럼

포말로 부서지고

푸른 파도는 은사의 물방울을 쏟아내며

꿈의 결빙을 풀고

거대한 날개로 휘몰아쳐

내 안에 출렁인다

추천의 글

의미의 응축을 통하여 생명의 속성과 신선한 감각을 노래한다

충만한 현재를 사는 정창화 시인은 기억의 재구성조차 신앙에 기초하고 있다. 시인 자신을 타자의 감정에 기대거나 잠입을 시도하지 않는다. 가시적인 변화를 조장하지 않음으로 시적 언어는 왜곡이 없다

그녀의 시어는 빛에서 차용한 것이 많아서인지 슬픔에도 향기가 난다. 섣불리 일탈하거나 허무에 빠져들지 않는 조화와 균형이 시편들의 매력이다. 일상은 기도로 시작하여 기도로 끝을 맺는다. 그래서 그런지 시가 올곧다. 헛된 수사나 언어의 중층을 쓰지 않음으로써 시어가 제대로 자리매김할 수 있도록 조력한다. 어떤 사실을 깨닫기 위해 몸부림치지 않고 스며들 때까지 기다린다.

윤리적 주체로서 처해 있는 나를 먼저 성찰한다. 은유적 욕망을 경계하고 내적 고투를 통해 기도를 구한다. 시간과 기억의 파편들이 현실과 불화를 원치 않는 『눈먼 그리움』에서 시적 진실을 만날 수 있다

조선의 시인

눈먼 그리움

펴 낸 날　2023년 1월 2일

지 은 이　정창화
펴 낸 이　이기성
편집팀장　이윤숙
기획편집　이지희, 윤가영, 서해주
표지디자인　정창화, 이지희
책임마케팅　강보현, 김성욱
펴 낸 곳　도서출판 생각나눔
출판등록　제 2018-000288호
주　　소　서울 잔다리로7안길 22, 태성빌딩 3층
전　　화　02-325-5100
팩　　스　02-325-5101
홈페이지　www.생각나눔.kr
이 메 일　bookmain@think-book.com

• 책값은 표지 뒷면에 표기되어 있습니다.
  ISBN 979-11-7048-504-9(03810)

Copyright ⓒ 2023 by 정창화 All rights reserved.
· 이 책은 저작권법에 따라 보호받는 저작물이므로 무단전재와 복제를 금지합니다.
· 잘못된 책은 구입하신 곳에서 바꾸어 드립니다.